BOUCLE D'OR ET LES TROIS OURS

conte traditionnel
illustré par Maryse Lamigeon
raconté par Ann Rocard

Nathan

Boucle d'Or
est une petite fille aux cheveux dorés.
En se promenant dans la forêt,
elle aperçoit une maison qu'elle n'a jamais vue.

Boucle d'Or s'approche sans bruit.
Elle jette un coup d'œil par la fenêtre...
Elle regarde par le trou de la serrure :
il n'y a personne.
Boucle d'Or pousse la porte
et entre sur la pointe des pieds.

TAC TAC ! fait une grosse pendule.
Tic Tac ! fait une pendule moyenne.
tic tic ! fait une toute petite pendule.
Quelle drôle de maison, s'étonne
Boucle d'Or. Sur la table,
une bonne soupe au riz est servie.

Boucle d'Or prend une cuillère
et goûte la soupe qui fume
dans une grande assiette :
— Aïe, c'est chaud !
Puis elle goûte la soupe
d'une assiette moyenne :

— Pouah, c'est froid !

Enfin elle goûte la soupe
d'une petite assiette :
— Mm...
c'est juste comme il faut !
Et Boucle d'Or
vide aussitôt l'assiette,
sans rien laisser.

Dans cette maison, il y a aussi trois chaises de tailles différentes.

La petite fille s'approche de la grande chaise :
— Oh ! Elle est trop haute !

Puis elle s'assied
sur la chaise moyenne :
— Ouille !
Elle est trop dure !

Enfin, elle s'assied
sur la petite chaise :
— Elle est juste comme il faut !
Boucle d'Or se balance
mais PATATRAS ! la chaise se casse !

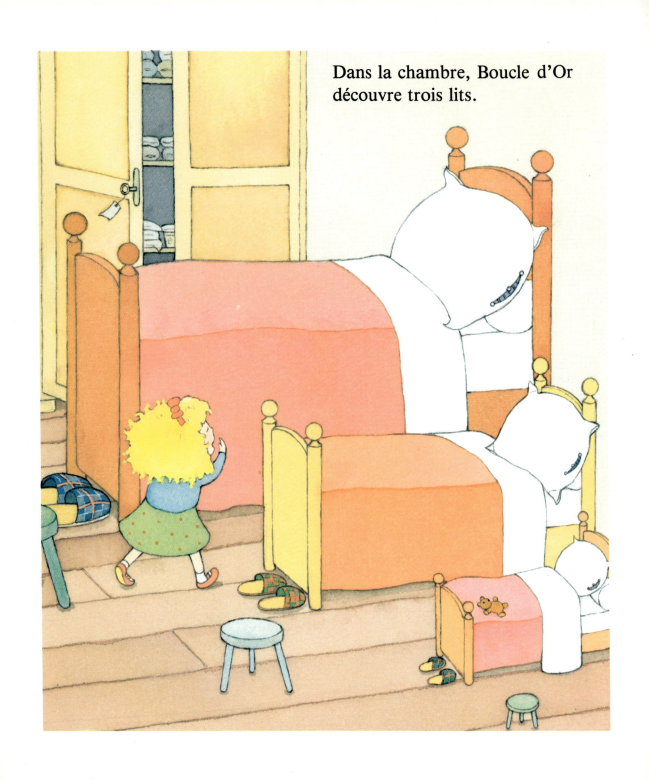

Dans la chambre, Boucle d'Or
découvre trois lits.

Elle s'approche du grand lit :
— Oh, il est trop haut !

Puis elle s'allonge
sur le lit moyen :
— Ouille, il est trop dur !

Enfin, elle se couche
dans le petit lit :
— Il est juste comme il faut !
Et Boucle d'Or s'endort aussitôt.

Mais Boucle d'Or ne sait pas qu'elle est dans la maison des trois ours !
Les voilà justement qui rentrent chez eux, et voient la porte ouverte.
— OH OH ! dit le gros ours
de sa grosse voix.

— Oh Oh ! ajoute l'ours moyen
de sa voix moyenne.
— oh oh ! répète le petit ours
de sa petite voix.

Les ours se mettent à table et grognent :
— QUELQU'UN a goûté ma soupe, dit le gros ours
de sa grosse voix.

— Quelqu'un
a goûté ma soupe,
répète l'ours moyen
de sa voix moyenne.
— Quelqu'un
a mangé toute ma soupe,
crie le petit ours
de sa petite voix.

Mécontents,
les trois ours regardent leurs chaises.
— QUELQU'UN a touché ma chaise,
dit le gros ours de sa grosse voix.
— Quelqu'un s'est assis sur ma chaise,
répète l'ours moyen de sa voix moyenne.
— Quelqu'un a cassé ma chaise !
crie le petit ours
de sa petite voix.

Alors les ours en colère vont dans leur chambre.
— QUELQU'UN a touché mon lit,
dit le gros ours de sa grosse voix.
— Quelqu'un est monté sur mon lit,
dit l'ours moyen
de sa voix moyenne.

Le petit ours
s'approche de son lit :
tiens, quelque chose
brille sur l'oreiller…
Ce sont des cheveux d'or.
— Quelqu'un
est couché dans mon lit,
dit le petit ours
de sa petite voix.

Boucle d'Or dort si bien
qu'elle n'entend pas le gros ours et sa voix de tonnerre,
ni l'ours moyen et sa voix qui souffle comme le vent.
Mais la voix du petit ours la berce doucement.
Elle entrouvre les yeux… — Oh, des ours !
s'écrie-t-elle, effrayée.

Vite,

Boucle d'Or saute par la fenêtre
et retourne en courant chez sa maman,
laissant les trois ours bien étonnés.